OBSERVATIONS

DE M. PIERRE-VICTOR

SUR CETTE QUESTION :

A quelles causes faut-il attribuer la décadence de la Tragédie en France ?

PROPOSÉE PAR LE CONGRÈS SCIENTIFIQUE DE FRANCE,

Dans sa 8ᵉ. Session,

TENUE A BESANÇON EN SEPTEMBRE 1840.

——➤➤➤◗◗●◖◗◖◖◖◖——

BESANÇON,

IMPRIMERIE DE SAINTE-AGATHE.

——

1842.

Par suite de circonstances indépendantes de notre volonté, nous n'avons pu donner dans les Annales du Congrès scientifique que le sommaire des observations de M. Pierre-Victor sur la décadence de la tragédie. Le compte que les journaux de Paris viennent de rendre de cet écrit, inséré dans le *Constitutionnel* du 19 mai dernier, a inspiré à un grand nombre de membres de cette assemblée et à plusieurs amateurs de l'art théâtral, le désir de nous voir le reproduire sous forme d'opuscule. Dans un moment où il serait si urgent de s'occuper des moyens d'arrêter la dégénérescence de la

— 4 —

scène française, ces observations sont faites pour être lues avec intérêt.

Les Bisontins n'ont point oublié les représentations que l'auteur est venu donner autrefois sur leur théâtre (1) et le succès avec lequel il remplissait, du vivant même de Talma, les grands rôles tragiques au Théâtre-Français, dont il a été écarté lorsqu'on a voulu en bannir les œuvres de nos grands poëtes pour faire usurper leur place au mélodrame.

Nous publions le Mémoire de M. P.-Victor comme supplément aux Annales du Congrès, en y joignant le jugement qu'en ont porté dans *la Quotidienne, le National* et *le Courrier français*, MM. Merle, Rolle et Avenel, dont l'opinion fait autorité dans les questions de théâtre. Nous l'accompagnons aussi de l'extrait d'un article publié par M. Briffaut dans *le Temps*, où cet écrivain développe avec le talent qui le distingue plusieurs des idées de M. P.-Victor. Au milieu de tous ces articles légers et futiles que le mauvais goût et les faux principes inspirent aujourd'hui à la critique, c'est avec plaisir qu'on voit quelques hommes graves et éclairés prêter un appui sérieux à la défense des saines doctrines, et protéger notre première scène nationale contre les dangers du désordre et de l'abandon auxquels ses intérêts se trouvent livrés.

(Les Éditeurs des Annales de la huitième session du Congrès scientifique.)

(1) Un de nos poëtes les plus distingués; M. Viancin, a consacré ainsi le souvenir de ces représentations dans son Épître à M. de Saint-Juan, petite revue poétique et franc-comtoise, publiée dernièrement :

. . . .
« Émule de Talma, Victor a sur la scène
De ses propres accords enrichi Melpomène :
Descendu des hauteurs d'un art dégénéré,
Il se borne aux essais d'un modeste lettré.
. . . .

» Pierre-Victor, né à Pontarlier, l'un des rares et fidèles dépositaires des bonnes traditions de l'art dramatique, aurait infailliblement contribué à soutenir l'éclat de la scène française, s'il ne se fût éloigné du théâtre à l'époque même où son talent semblait être à son apogée. — Il était beau pour ce digne interprète de nos grands auteurs tragiques d'aspirer encore à marcher sur leurs traces. Sa tragédie des *Scandinaves* fut pour ses compatriotes un nouveau sujet de confiance en son avenir d'artiste poëte. Peu de temps auparavant, il était venu recueillir sur le théâtre de Besançon la palme qui, de toutes celles qu'il a remportées, reste peut-être la plus chère à ses souvenirs. Il y débuta par le rôle de Tancrède. Jamais le premier vers de cette pièce ne fut dit avec plus d'âme; jamais il n'excita d'aussi vifs applaudissements. Le jour de sa seconde représentation, les vers suivants lui furent adressés et lus sur la scène :

« *A tous les cœurs bien nés que la patrie est chère !*
— Dans ta bouche, ô Victor, ce vers est enchanteur.

Seul il nous a suffi pour juger de ton cœur ;
Tu sais peindre en ces mots ton âme tout entière.
Tu connais cet amour, ce noble et doux lien
Qui nous attache aux lieux, berceau de notre vie :
Oui, la patrie est chère aux cœurs tels que le tien ;
Mais aussi de tels cœurs sont chers à la patrie :
C'est elle qu'aujourd'hui nous honorons en toi :
Si ton art loin de nous t'arma des traits de flamme
Qui nous font tressaillir de plaisir ou d'effroi,
Tu dois à ton pays les trésors de ton âme.
Ils sont à nous aussi, ces talents précieux ;
Permets-nous avec toi d'en être glorieux ;
Poursuis, VICTOR, poursuis ta brillante carrière,
Tu sauras l'illustrer ; mais reviens quelquefois,
Reviens au sol natal redire aux Francs-Comtois :
— *A tous les cœurs bien nés que la patrie est chère !* »

» M. P.-VICTOR est en effet revenu quelquefois parmi nous, mais seulement pour nous faire part de ses intéressants opuscules sur l'art qu'il a cessé de cultiver ; et dernièrement pour nous entretenir du travail important qu'il se propose de publier sur les antiquités du Nord. »

OBSERVATIONS

SUR CETTE QUESTION :

A quelles causes faut-il attribuer la décadence de la Tragédie en France ?

PROPOSÉE PAR LE CONGRÈS SCIENTIFIQUE TENU A BESANÇON EN 1840.

La question est vaste : elle demanderait, pour être traitée à fond, un long examen. Je me bornerai à en faire l'objet de quelques observations plutôt théâtrales que dramatiques, sans entrer dans le développement qu'elle comporterait sous le point de vue littéraire. Je veux simplement signaler quelques faits qui ont dû me frapper plus vivement que les personnes étrangères à la carrière que j'ai parcourue.

Les causes de la décadence de la tragédie en France me paraissent nombreuses et graves. Elles ne tiennent pas seulement à une question de littérature : elles se rattachent encore à plusieurs considérations politiques et sociales.

On a dit avec raison que la tragédie, telle que l'ont conçue nos grands maîtres, était le chef-d'œuvre de l'esprit humain. En effet, lorsqu'on analyse ses éléments, lorsqu'on examine le but qu'elle se propose et

les lois auxquelles elle est assujettie, on reconnaît qu'il
n'est aucune qualité intellectuelle que ne doive pos-
séder le poëte tragique qui aspire à en remplir toutes
les conditions. La tragédie est aussi de tous les genres
de productions artistiques le plus saisissant, le plus
entraînant, celui qui exerce sur l'esprit et sur l'âme
les impressions les plus vives et les plus profondes. Son
caractère est d'être à la fois digne et passionnée, vraie
et solennelle ; son but est de faire revivre, sous le pres-
tige de l'animation théâtrale, les grands enseignements
de l'histoire ; d'inspirer aux spectateurs, par le ressort
de la terreur et de la pitié, des émotions nobles et
élevées, des pensées généreuses et instructives.

De là, deux causes qui me semblent avoir puissam-
ment contribué à sa décadence ; je veux dire : l'esprit
de coterie et l'esprit de parti.

D'une part, plusieurs auteurs, dans l'impuissance
de s'élever jusqu'à la hauteur du poëme tragique, se
sont efforcés de l'écarter du domaine de notre littérature, en s'appliquant à le décrier, à le flétrir, à cor-
rompre le goût du public par leurs préceptes et leurs
exemples, et à profiter de notre inclination pour le
changement, en opposant à la sévère beauté des vieux
chefs-d'œuvre de notre scène des pièces d'une exécution plus facile, plus variée, plus propre à séduire
la multitude et à satisfaire le besoin d'émotions nouvelles qui la dévore.

D'une autre part, le pouvoir, ombrageux et craintif, redoutant la libre manifestation de la pensée, la haute influence des leçons de l'histoire et des allusions politiques sur les hommes rassemblés, a saisi cette occasion pour favoriser un genre bâtard et frivole, sans portée sur l'esprit public, déguisant, sous l'éclat du spectacle, le vide des idées et l'absence d'un but philosophique. Depuis longtemps j'ai signalé ce dernier fait dans plusieurs écrits (1).

La tragédie, qui reproduit sur la scène les mœurs et les passions des grands, est essentiellement politique. Aussi, sous tous les gouvernements, a-t-elle été surveillée et censurée avec une extrême rigueur. Ce ne serait point un mal si cette surveillance se bornait à en retrancher les passages contraires à la morale, au bon goût et aux convenances scéniques; mais c'est ordinairement ce dont on s'inquiète le moins.

Depuis vingt ans surtout, la plupart des hommes placés à la tête de l'administration des théâtres ont montré pour le genre épuré et civilisateur de la tragédie autant d'aversion ou d'indifférence qu'ils ont témoigné d'intérêt aux théâtres futiles et corrupteurs ouverts de toutes parts au public. Je n'exposerai point ici

(1) Voyez *Documents pour servir à l'histoire du Théâtre-Français sous la restauration*, par Pierre-Victor. Chez Guillaumin, rue Neuve-Vivienne et galerie de l'Odéon.

toutes les causes de cette prédilection; ce qu'il me suffira de signaler, et ce que je puis affirmer, car je m'en suis ressenti personnellement, c'est qu'on a tout fait depuis ce temps pour détourner la scène française de sa noble destination, pour en écarter les ouvrages qui font sa gloire, et pour affaiblir sa puissante participation au progrès de la liberté et des lumières. Censure, entraves administratives, intrigues de coulisses, services de camaraderie, critiques de journaux, faveurs corruptrices prodiguées sous le titre d'encouragements aux arts et aux lettres, tout a été mis en œuvre pour y parvenir.

L'état des théâtres, auquel le sort de la littérature dramatique est si étroitement lié, servait à merveille les partisans de ce vandalisme. Destinée à être représentée et d'un effet incomplet à la lecture, la tragédie n'est dans la plénitude de son existence que sur la scène; c'est des succès qu'elle y obtient ou des échecs qu'elle y éprouve que dépend sa prospérité ou sa décadence. Or, les théâtres sont organisés de telle sorte, qu'ils ne peuvent qu'en arrêter les progrès; ceux des provinces sont tombés dans un tel état de dégradation, que lorsque la tragédie peut y être jouée, elle l'est d'une manière insoutenable; elle en est proscrite de fait, et n'a de refuge que dans la capitale.

Eh bien! là même, voyez à quel point le champ qui lui est réservé se trouve circonscrit : un seu théâtre lui est ouvert (1), tandis que quinze autres sont consacrés à la comédie de genre, au mélodrame et au vaudeville; un seul est autorisé à représenter les œuvres de haute littérature et jusqu'à celles qui, d'après la loi, appartiennent au domaine public; un seul a conservé l'exploitation privilégiée de tous nos chefs-d'œuvre nationaux. Dans tout Paris, la tragédie ne peut se montrer publiquement qu'entre les quatre murs du théâtre de la rue de Richelieu et sous les traits d'une douzaine d'acteurs, constitués ses organes officiels, à l'exclusion de tous les autres; et tel est l'esprit exclusif de ce monopole, que sur ces douze acteurs trois ou quatre seulement ont le droit de remplir, leur vie durant, les rôles principaux. Que l'on juge les conséquences d'un abus pareil! De quelle prospérité peut jouir un art dont la culture est aussi restreinte!

Peut-être croit-on, du moins, que dans cet établissement, doté par l'état d'une subvention considérable afin qu'il serve de modèle aux autres théâtres, qu'il maintienne par son exemple les principes de notre belle langue, et soutienne par l'éclat de la représentation l'honneur des chefs-d'œuvre dont le dépôt lui est confié; peut-être croit-on, dis-je, que tout concourt à

---

(1) Le second Théâtre-Français n'était pas encore rétabli, et il ne l'est encore aujourd'hui que d'une manière fort incomplète, ne pouvant jouer qu'une partie du répertoire de la scène française et ne recevant aucun secours du gouvernement.

l'accomplissement de cette glorieuse mission? Non, les grands intérêts de l'art, la dignité de la scène française, y sont presque constamment sacrifiés à de petits intérêts personnels et à d'étroites considérations d'amour-propre. La tragédie, depuis quinze ans, y est en butte à toute espèce d'hostilités et d'avanies. Jusqu'alors un grand acteur était parvenu, par l'ascendant de sa réputation et de son talent, à la faire respecter ou du moins à amortir les atteintes qu'elle commençait déjà à recevoir de son vivant; mais, à sa mort, les derniers coups lui ont été portés. Privée de son plus digne soutien, elle a disparu avec lui; et je me suis trouvé dans la nécessité de quitter la scène avec elle.

J'ai vu abreuver de dégoûts et forcer à la retraite le peu de sujets qui lui restaient pour la soutenir; j'ai vu les grandes œuvres de Corneille et de Racine, abandonnées à une mise en scène repoussante, faire place à des pièces qui violaient toutes les lois du goût et de la morale, et l'argent de l'état employé à donner à ces drames informes une pompe de costumes et de décorations qui pût jeter sur leurs vices un voile trompeur.

Tout à coup ces chefs-d'œuvre délaissés et méprisés trouvent dans une jeune fille une brillante interprète; ils attirent la foule et deviennent de nouveau l'objet de l'admiration publique. Vous croyez que la tragédie va se relever, ou du moins que l'on va tout faire pour favoriser et soutenir cette renaissance inespérée; que nos meilleures pièces vont être reprises et montées avec le soin et l'éclat qu'elles méritent? Non, encore aujourd'hui la même négligence est apportée dans leur mise en scène; les ouvrages les moins dignes du Théâtre-Français leur disputent la prééminence; la jeune tragédienne elle-même, en butte à des difficultés et à des tracasseries qui entravent le développement de son talent, est réduite à l'exercer dans une demi-douzaine de rôles; et la jalousie qu'excitent ses succès ne les supporte que parce qu'ils sont profitables aux recettes.

J'ai dit que les destinées de la tragédie étaient attachées à celles de l'art théâtral. Aussi, une des causes qui me paraissent avoir le plus contribué à sa dégradation, c'est la manière dont elle est représentée, c'est le système adopté dans son exécution scénique. Depuis longtemps la tragédie est jouée sans ensemble, sans accord entre ses diverses parties. On la prive des accessoires qui en complètent l'effet; on néglige de lui imprimer le mouvement qu'elle comporte; on la met plutôt en récit qu'en action; et encore est-elle le plus ordinairement déclamée avec emphase, ou parlée avec trivialité. Son caractère est affaibli ou exagéré par un jeu froid et faux qui lui enlève sa poésie, son intérêt, son illusion, et la fait paraître dénuée de vie, de grandeur et de vraisemblance. La tragédie dépérit surtout faute d'interprètes, faute de moyens employés comme dans les autres arts pour former des élèves. Il n'existe pour l'enseignement de l'art théâtral que l'école du Conservatoire ; et son organisation laisse beaucoup à désirer.

Que la tragédie soit ramenée à un mode d'exécution plus convenable ; et elle se montrera sous un jour qui la fera juger plus favorablement. On en voit un exemple dans l'espèce de réaction opérée par Mlle. Rachel. L'effet produit par son talent a prouvé que le goût du public n'était pas tellement perverti, qu'il ne pût encore apprécier ce qui est beau et bon. C'est en vain que depuis quinze ans on lui présente notre ancien système dramatique comme un genre faux et suranné ; jusqu'à présent il a fait voir qu'il n'en connaissait point de supérieur. Que les anciennes pièces soient représentées comme elles doivent l'être ; que les nouvelles, tout en remplissant les conditions essentielles de l'art, adoptent, si l'on veut, certaines modifications ; qu'elles évitent de traiter les mêmes sujets que nos pères ; qu'elles soient conçues dans un esprit plus conforme à nos mœurs et à l'état social de notre époque ; et le goût de la tragédie ne s'éteindra pas plus que celui de tous les arts qui puisent leur charme et leur pouvoir dans l'imitation d'une nature choisie.

Je crois donc que, pour arrêter la décadence de la tragédie, pour la relever, la faire entrer dans la voie de progrès ouverte aux autres arts et lui permettre de reconquérir son antique influence, il faudrait avant tout l'affranchir de ses entraves en laissant le champ libre aux pensées du poëte, abolir le monopole qui investit un seul théâtre du droit de la représenter, en lui opposant la salutaire concurrence d'une nouvelle scène tragique, d'un second Théâtre-Français, constitué sérieusement et sur des bases durables. Il faudrait l'aider à se produire aussi dans nos provinces, en imposant aux principaux théâtres (subventionnés à cet effet), l'obligation de jouer les meilleures pièces du répertoire de la scène française. Il faudrait enfin donner à l'enseignement de l'art théâtral une organisation dont il a manqué jusqu'à ce jour; c'est-à-dire y introduire l'esprit de méthode, d'analyse et de progression nécessaire à toutes les branches d'instruction; le compléter par la formation d'une école pratique, et l'étendre hors de Paris, en établissant dans quelques villes des succursales du Conservatoire.

De toute manière, l'art théâtral a besoin d'être dirigé. Sa nature exceptionnelle ne lui permet pas d'être abandonné à lui-même. Ne pouvant s'exercer que par un concours d'artistes et une complication de mécanisme tout particuliers, il est forcément assujetti au joug d'une direction dont peuvent se passer les autres arts; il est subordonné à des règlements et à une gestion qui font dépendre ses destinées d'un chef et par conséquent du pouvoir. C'est donc au pouvoir qu'il

faut demander de le relever et de le soutenir. La représensentation nationale lui en fournit les moyens, en accordant aux grands théâtres des secours sur le budget.
Malheureusement, les affaires de théâtre sont traitées
avec les procédés de bureaucratie communs à toutes
les autres. On les dirige dans des vues d'ordre administratif, de comptabilité et de police; et la question
capitale, la question d'art, est celle dont on s'occupe
le moins.

Je crois que si la chambre des députés, lorsqu'elle
vote en faveur des théâtres royaux les subventions qui
lui sont demandées annuellement par M. le ministre de
l'intérieur, veillait à ce qu'il en fût fait un emploi plus
conforme à l'intérêt artistique, il pourrait en résulter
un grand bien. Il appartiendrait à nos représentants
d'user de leur crédit auprès de l'autorité ministérielle
pour l'engager à accorder à cette question toute la sollicitude qu'elle mérite.

Déjà, en 1830, j'en ai fait l'objet d'une pétition à
la chambre. Ce mémoire révélait l'influence funeste
exercée sur le théâtre, et particulièrement sur la tragédie, par un ordre de choses qui n'existe plus, mais
dont il reste encore des traces profondes. La chambre
parut accueillir avec intérêt ma demande, la première
de ce genre qui eût encore été rapportée à la tribune.
Elle la renvoya, à l'unanimité, au ministre de l'intérieur; mais elle a eu le sort de tant d'autres; c'est

assez dire qu'aujourd'hui encore les mêmes abus sub-
sistent; et l'on paraît fort peu songer à les faire cesser.
Il serait temps cependant que les hommes éclairés qui
comprennent toute l'importance de l'art dramatique
prêtassent à sa cause une voix assez puissante pour y
mettre un terme, car de jour en jour le mal empire,
et sera bientôt sans remède; l'étude des modèles est
abandonnée, les traditions de la scène se perdent;
bientôt peut-être il ne restera plus du Théâtre-Français,
de ce monument unique et si national, que de vagues
souvenirs et le triste spectacle d'une ruine.

« Cette année, MM. les députés ont accordé deux heures à la question des subventions théâtrales; c'est beaucoup; il faut leur savoir gré, dans ce pas de course qui enlève les millions, d'avoir bien voulu prendre haleine, en donnant quelques instants de halte à la question de l'art dramatique. Mais, en vérité, on ne sait où ils recueillent les notions qu'ils apportent à la tribune; et l'on s'étonne qu'avec la volonté de parler de choses qui tiennent quelque place dans l'économie morale de la société, on prenne si peu de souci de s'inquiéter des faits et des hommes.... La loi aura beau parquer les genres et les théâtres, diminuer le nombre des privilèges et régler leurs attributions, elle ne saurait faire ni de bonnes pièces, ni de bons acteurs. La confusion dont la chambre se plaint a des causes que la loi ne peut atteindre; le trouble n'est pas seulement dans les actes, il est dans les idées.

» Mais pense-t-on que si, au lieu de porter l'arbitraire là où il faut laisser la plus entière liberté; si, au lieu de mettre le monopole administratif là où il faut appeler l'indépendance industrielle, l'état, par une bonne et utile application des ressources dont il dispose, s'occupait à aider et à soutenir ce qui est grand et beau, il ne ferait pas à ce qui est petit et laid la meilleure de toutes les guerres. Supposons, et c'est vraiment une hypothèse qui tient du rêve, que par l'institution d'un Conservatoire fortement composé, et dont les études, sans rien abandonner des principes qui sont la base de tout enseignement dramatique, viendraient se mettre en harmonie constante avec le progrès et l'esprit du public, on préparât pour la scène une instruction solide; supposons que ces élèves, au lieu de se bercer dans quelques vieux essais toujours les mêmes et toujours répétés, eussent des occasions fréquentes de mettre les préceptes en pratique et d'animer les leçons par les faits; ajoutons à cela un service de professeurs actifs, c'est-à-dire l'obligation pour tous les comédiens d'élite, qui dépendraient du gouvernement par le lien subventionnel, de donner aux classes du Conservatoire des exercices nombreux et notamment des analyses en action de tous les rôles nouveaux qui auraient jeté quelque éclat; supposons encore que le gouvernement entretînt dans les principales villes du royaume, sur les cinq plus grands théâtres de département, un répertoire capable de seconder les efforts pratiques et dans lequel les jeunes sujets pussent trouver un asile; ne verrait-on pas sortir de cet enseignement, ainsi fortifié et par la théorie et par l'expérience, des acteurs dont les mérites récompenseraient ces peines?

» Si une telle impulsion pouvait être donnée à l'enseignement dramatique, aujourd'hui somnolent et engourdi dans une funeste langueur, on verrait bientôt se rallumer le feu qui n'est pas éteint. Est-ce que la seule présence d'un enfant n'a pas suffi pour tirer de sa léthargie la vieille tragédie? Malheureusement, en se levant de sa couche funèbre, elle n'a trouvé près d'elle personne; elle ressemblait à ces spectres qui sortent vivants du sépulcre et qui pour se vêtir n'ont plus qu'un linceul.......

» Ce qu'il importe surtout de surveiller, c'est l'emploi des sommes livrées par l'état pour subventionner les théâtres. Il est fâcheux que MM. les membres de la chambre qui ont pris la parole sur les largesses accordées à l'art théâtral, n'aient pas demandé une enquête sérieuse sur la manière dont le gouvernement dispose des fonds qu'il se réserve. Là on aurait vu le scandale de primes sans cesse répétées, et qui paient presque toujours un travail hâtif. Deux fois, cette année, nous avons vu le public repousser ces œuvres informes qui ne sont faites et écrites qu'en vue de la prime; et là on eût trouvé, de la part des dispensateurs des deniers publics, des faiblesses et des complaisances qui mériteraient au moins de sévères avertissements. Pourquoi messieurs de la chambre des députés n'ont-ils pas pénétré dans cette division des beaux-arts, ce pachalick dans lequel tout ce qui honore l'intelligence nationale est soumis à la volonté d'hommes que ni leurs lumières, ni leur caractère personnel n'ont destiné à ce poste. Là on aurait vu que ce ne sont pas les moyens de faire et de faire bien qui manquent, mais qu'il ne se rencontre aucun de ces éléments qui donnent à une administration l'autorité dont elle a besoin auprès de l'opinion publique. C'est là, c'est dans ces abus intimes, dans ces bureaux qui exercent une domination funeste, dans ces bureaux qui se recrutent si loin du théâtre et des lettres, qu'il faut chercher et poursuivre le mal. »

(Temps. — 30 mai 1842.)

« Toute la presse, et en dehors de la presse tous les bons esprits qui s'occupent du Théâtre-Français, sont unanimes sur deux points : c'est que les subventions mal employées sont nuisibles à l'art, et que la Comédie est dans une mauvaise voie. L'état donne chaque année 200 mille francs pour attirer à la Comédie-Française les célébrités dramatiques dans tous les genres, et récompenser dignement les acteurs de talent qui s'y trouvent encore. Mais ces 200 mille francs, par l'incurie du ministre et la faiblesse de ses bureaux, ne servent en grande partie qu'à encourager la paresse et à protéger la médiocrité.... Aujourd'hui la subvention n'est plus qu'une curée annuelle, que les sociétaires se partagent entre eux, à titre d'appointements, et elle leur est répartie moins en raison de leur talent qu'en raison de la faveur dont ils jouissent auprès du ministre, ou mieux encore, des moyens d'action que ces messieurs et ces dames exercent sur la division des beaux-arts.

» Sans la subvention, le Théâtre-Français ne pourrait pas aller, ou, ce qui serait bien préférable, il serait obligé d'aller autrement. Il vaudrait donc mieux la supprimer pour amener un autre état de choses, ou du moins la distribuer d'une manière plus utile à l'art. Sur ce point nous nous appuierons de l'opinion d'un homme de talent et de sens, qui a fait une étude particulière du théâtre, et qui est victime depuis dix ans du fatal système d'exclusion arbitraire qui régit la Comédie-Française; cette opinion, c'est celle de M. Victor, qui a tenu longtemps avec éclat l'emploi des pre-

miers rôles tragiques. » (Suit une citation relative à la nécessité
d'employer la subvention dans l'intérêt de l'art.)

(*Quotidienne.* — 25 mai.)

« Le succès persévérant de Mlle. Rachel, la vogue inattendue
que l'apparition de Mlle. Georges donne, par delà des ponts, à
Rodogune, à Agrippine, à Jocaste, ont ranimé l'espoir des bons
croyants qui n'ont pas déserté la religion du poême tragique.
Parmi les plus intelligents et les plus dévoués, il faut distinguer
M. PIERRE-VICTOR. Le culte de M. P.-VICTOR pour la muse au
poétique cothurne ne s'est pas uniquement borné à la contempla-
tion. Il a joint le fait à l'idée, l'action à la passion; il a été un
excellent serviteur de la tragédie sous la restauration; et les mé-
moires fidèles se rappellent encore le zèle et le talent de M. VICTOR
dans les grands rôles tragiques. Maintenant, M. P.-VICTOR est
retiré de la lutte; abrité au rivage, il voit, il juge et il conseille.
M. P.-VICTOR vient de publier une sorte de profession de foi per-
sonnelle sur la situation du théâtre tragique; il en constate l'état
affligeant; il remonte aux causes de sa décadence; il indique les
remèdes qui lui semblent efficaces et propres à lui rendre sa po-
pularité et son ancienne splendeur. Nous ne discuterons pas ici
les moyens qu'il propose. Les paroles ne guérissent rien à notre
avis, mais nous reconnaissons volontiers qu'elles donnent l'éveil
et avertissent. A ce titre l'écrit de M. P.-VICTOR mérite une hono-
rable mention. C'est l'œuvre d'un homme de bonne foi; et plût à
Dieu que les seigneurs et maîtres chargés de la fortune et de la
direction du Théâtre-Français montrassent le même dévouement
aux belles destinées de l'art dramatique. M. P.-VICTOR est d'ail-
leurs un homme instruit aussi bien qu'un homme zélé; d'excellentes
recherches par lui publiées sur les antiquités scandinaves attestent
qu'il est capable de traiter avec une égale conscience et un égal
succès les questions poétiques et les questions savantes. »

(*National.* — 30 mai.)

« L'état de l'art théâtral en France a inspiré des réflexions
fort judicieuses à un homme qui l'a étudié à fond, et comme poëte

et comme artiste. M. Victor, qui a brillé avec tant d'éclat sur nos deux scènes tragiques d'où il est éloigné depuis longtemps par je ne sais quel mauvais vouloir et quels absurdes règlements, pouvait mieux que personne exprimer sur ce sujet difficile une opinion qui méritât de fixer l'attention des hommes chargés chez nous des destinées du théâtre. On ne saurait trop regretter que la scène ait été privée sitôt d'un artiste qui s'était appliqué surtout à être original qui, jouant les premiers rôles auprès de Talma et de Joanny, s'était efforcé avec succès d'être lui-même. Chose étrange dans un temps où les acteurs tragiques de notre vieux répertoire sont si rares, où l'on devrait les réunir avec tant d'empressement pour l'exécution de nos antiques chefs-d'œuvre, en voilà deux des plus distingués que notre premier théâtre a repoussés! M. Victor a tout à fait abandonné la carrière; Mlle. Georges ne s'y montre qu'à de rares intervalles, et n'a point de scène où elle puisse constamment faire paraître ces Athalie, ces Cléopâtre, ces Léontine qu'elle seule aujourd'hui est digne de représenter! »

(*Courrier français.* — 6 juin.)

www.ingramcontent.com/pod-product-compliance
Lightning Source LLC
Chambersburg PA
CBHW061744180626
46818CB00006B/2744